Analyse de l'œuvre

Par David Noiret
et Apolline Boulanger

W ou le Souvenir d'enfance

de Georges Perec

lePetitLittéraire.fr

Rendez-vous sur lepetitlitteraire.fr et découvrez :

Plus de 1200 analyses
Claires et synthétiques
Téléchargeables en 30 secondes
À imprimer chez soi

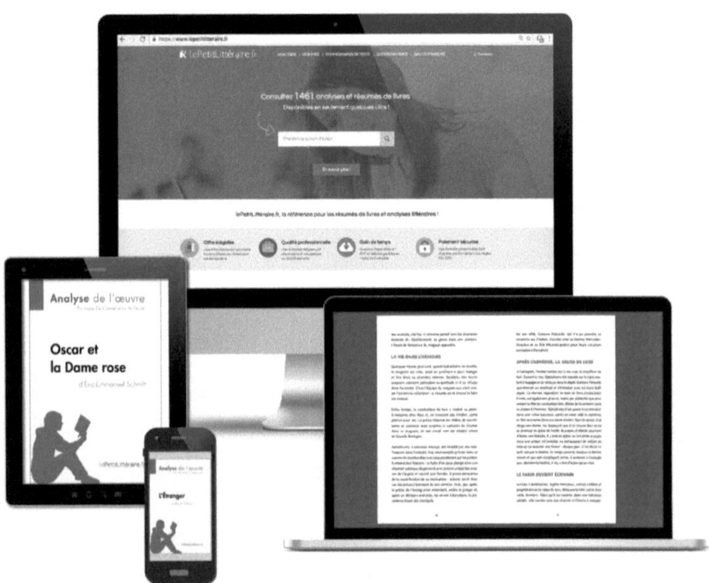

GEORGES PEREC

ÉCRIVAIN FRANÇAIS

- **Né en 1936 à Paris**
- **Décédé en 1982 à Ivry-sur-Seine (Île-de-France)**
- **Quelques-unes de ses œuvres :**
  - *Les Choses* (1965), roman
  - *La Disparition* (1969), roman
  - *La Vie mode d'emploi* (1978), roman

Georges Perec est l'un des écrivains français les plus atypiques du XXe siècle. Après avoir été étudiant en lettres et en sociologie à Paris, il devient documentaliste en neurophysiologie au C.N.R.S. Il obtient le prix Renaudot pour son premier roman, *Les Choses*, en 1965 et se consacre ensuite à la littérature. Il devient membre de l'OuLiPo en 1967. Sa production littéraire est dès lors étroitement liée à ce groupe fondé par l'écrivain Raymond Queneau (romancier, poète et dramaturge français, 1903-1976) et le mathématicien François Le Lionnais (1901-1984) qui fait de la contrainte une nécessité. Ses œuvres les plus connues sont *La Disparition* (roman policier dans lequel la lettre « e » a littéralement disparu) et *La Vie mode d'emploi* (prix Médicis en 1978).

W OU LE SOUVENIR D'ENFANCE

UNE ŒUVRE À LA FOIS PROFONDE ET LUDIQUE

- **Genre :** roman autobiographique
- **Édition de référence :** *W ou le Souvenir d'enfance*, Paris, Gallimard, coll. « L'Imaginaire », 1993, 224 p.
- **1ʳᵉ édition :** 1975
- **Thématiques :** Seconde Guerre mondiale, enfance, lutte, sport, imagination, mort, souvenir

Né de parents juifs d'origine polonaise, Georges Perec est profondément marqué par leur disparition lors de la Seconde Guerre mondiale (1939-1945). Cet évènement est relaté dans ce récit autobiographique paru en 1975. À côté de ce récit douloureux, Gaspard Winckler, personnage principal du second récit, raconte son histoire fictive et celle de W, une ile en apparence idéale entièrement vouée au sport. Les deux histoires, apparemment sans rapport, sont racontées en alternance. Les chapitres écrits en italique (chapitres impairs dans la première partie et pairs dans la seconde) content l'histoire fictive de W tandis que les chapitres écrits en caractères romains relatent les souvenirs de l'auteur.

RÉSUMÉ

DES SOUVENIRS INCERTAINS

Entreprenant de raconter son histoire, Georges Perec rassemble tant bien que mal les souvenirs de son enfance pendant la Seconde Guerre mondiale, remplie de zones d'ombre et d'incertitudes :

> « Je n'ai pas de souvenirs d'enfance. Jusqu'à ma douzième année à peu près, mon histoire tient en quelques lignes : j'ai perdu mon père à quatre ans, ma mère à six ; j'ai passé la guerre dans diverses pensions de Villard-de-Lans. En 1945, la sœur de mon père et son mari m'adoptèrent. » (chapitre II)

Les quelques souvenirs qu'il parvient à rassembler sont faits de photos de ses parents qu'il commente, de lieux de son quotidien parisien et de profondes réflexions sur l'écriture. La dernière image qu'il garde de sa mère est celle de son départ en gare de Lyon pour qu'il se rende seul à Grenoble (Isère), en zone libre, où sa tante Esther doit s'occuper de lui.

Georges Perec commence son récit par son arrivée à Villard-de-Lans (Isère) en 1942, après avoir présenté les différents membres de sa famille. De cette époque, il garde des réminiscences désordonnées, sans cohérence, déliées comme son écriture et caractérisées par une absence de points de repère. Il y commence une nouvelle vie.

Dès son arrivée, il vit à la villa Les Frimas avec sa tante Esther et sa cousine Ela. Il se souvient avec précision du « x » servant d'appui au bucheron pour scier les buches et d'une fracture au bras. Ce sont les seuls souvenirs nets qu'il conserve de son séjour : l'un est à l'origine d'une réflexion sur les formes (le « x » étant composé de deux « v », comme « w ») tandis que le second matérialise une douleur psychologique (la guerre, la perte des parents et l'oubli de l'enfance) en une souffrance physique.

Peu après, Georges est placé dans une pension dont il a oublié le nom avant d'être scolarisé au collège de Turenne (Nouvelle-Aquitaine), dirigé par deux sœurs et le père David. En 1943, il fait preuve de dévotion religieuse. Il se souvient d'une visite des Allemands à l'école et des privations dues à la guerre.

En 1944, accompagné de sa grand-mère, il quitte le collège de Turenne pour le village de Lans-en-Vercors (Isère) où, accusé à tort d'avoir enfermé une petite fille dans une armoire, il est mis en quarantaine. À la Libération, Georges part vivre chez sa tante paternelle, Berthe. Henri, fils de cette dernière, est de quelques années son ainé : il initie le jeune garçon aux plaisirs de la lecture et de la bataille navale mouvante. Ensemble, ils façonnent des drapeaux représentant les États en guerre : Henri fascine le petit Georges et devient pour lui un modèle. Une fois la guerre terminée, Georges retourne vivre à Paris en même temps que sa tante Esther qui l'accueille après le décès sa mère dans les camps.

Alors que Georges couche ses souvenirs sur le papier, il se remémore l'histoire de W qu'il a inventée à l'âge de 13 ans. Elle racontait « la vie d'une société exclusivement préoccupée par le sport, sur un îlot de la Terre de Feu » (chapitre II).

UNE TOUT AUTRE HISTOIRE

Le héros de ce roman imaginé par Georges est un faussaire, Gaspard Winckler, qui change d'identité et prend ce pseudonyme après avoir déserté l'armée. Il entreprend le récit de son voyage à W.

Alors qu'il loge depuis trois ans à la pension H. en Allemagne, Gaspard reçoit une lettre d'un dénommé Otto Apfelstahl lui donnant rendez-vous à l'Hôtel Berghof. Lorsque les deux hommes se rencontrent, Otto interroge Gaspard sur son identité. En réalité, Otto sait que Gaspard Winckler est un pseudonyme. En effet, il possède les papiers d'un jeune garçon sourd-muet nommé lui aussi Gaspard et dont la mère, Cæcilia Winckler, est membre d'une organisation qui fournit des papiers d'identité aux nécessiteux. Afin de guérir le jeune Gaspard de sa surdité et de son mutisme (le résultat d'un isolement constant), elle s'est embarquée avec lui et quatre passagers pour un tour du monde. Mais leur yacht, le *Sylvandre*, a semble-t-il mystérieusement sombré alors qu'ils approchaient de la Terre de Feu, située au sud de l'Amérique latine.

Membre d'une organisation venant en aide aux naufragés, Otto Apfelstahl insiste pour que Gaspard parte à la recherche de son jeune homonyme dont le corps n'a pas été retrouvé depuis le naufrage. À la lecture du journal de bord du yacht, les deux hommes sont convaincus qu'un terrible évènement a dû se produire lors de la traversée : Gaspard Winckler, dont l'identité nous est assez mystérieuse, accepte de partir pour cette terre inconnue. C'est au cours de son voyage qu'il parvient sur l'ile W, située non loin du lieu du naufrage.

UNE ILE ENTIÈREMENT DÉDIÉE AU SPORT

Gaspard entreprend de faire une description minutieuse de W sans que l'on sache quand, ni comment il s'y est rendu ou ce qu'il y a fait. Dans cette ile, le sport est roi. W se compose de quatre villages à chaque point cardinal où résident environ 400 athlètes, uniquement des hommes, dont plus ou moins 70 sont des novices. Les jeunes garçons, enfermés avec les filles de leur âge jusqu'à l'adolescence, arrivent au village à 14 ans. Après une période de quarantaine, ils deviennent novices. Des épreuves d'athlétisme, ainsi que de lutte gréco-romaine font partie des 22 disciplines existantes. On compte 15 athlètes par discipline et par village. Les concurrents de chaque discipline s'affrontent entre eux, entre villages voisins et entre villages non connexes, dans différents stades situés entre les villages et au centre de W.

Régulièrement, de grandes compétitions sont organisées : les Olympiades, les Atlantiades et les Spartakiades. Au cours de ces compétitions, le public et les organisateurs (composés d'officiels, d'arbitres, de juges et de directeurs sportifs) jouent un rôle important, puisqu'ils peuvent décider d'infliger aux athlètes des punitions allant jusqu'à la mort. Les règles qu'imposent le gouvernement et les organisateurs de l'ile ont pour but d'exalter la soif de victoire chez les athlètes et ainsi échapper à la punition des vaincus.

Ceux qui parviennent à se classer sur le podium portent le nom des premiers classés de chaque épreuve de l'histoire de

W : ainsi, un athlète peut porter des noms différents, tandis que la plupart n'en porte aucun. Les officiels ne sont pas contre l'injustice puisque, selon eux, la chance fait aussi partie du jeu. Ils se réservent donc le droit d'intervenir durant les épreuves et d'octroyer des handicaps de façon aléatoire et arbitraire aux athlètes.

Maintenues à l'écart des hommes, les femmes sont livrées nues aux meilleurs athlètes qui les pourchassent une fois par mois, lors des Atlantiades. En effet, afin de faire prospérer le nombre d'habitants de l'ile, un tournoi est organisé à l'issue duquel seuls quelques hommes gagneront le droit d'étreindre une femme. Moins nombreuses que les hommes, elles font l'objet d'une lutte sans merci.

Finalement, la vie à W ressemble à s'y méprendre à celle des camps de concentration : les rares victoires ne permettent pas aux hommes de s'émanciper du régime de l'ile, même si elles leur apportent plus de confort. Le sort des athlètes est tragique tandis que leurs droits et libertés sont inexistants. Des années après avoir inventé l'histoire de W, Perec constate amèrement que ses fantasmes enfantins liés aux camps de concentration étaient proches de la réalité historique.

ÉTUDE DES PERSONNAGES

RÉCIT AUTOBIOGRAPHIQUE (ROMAIN)

Georges Perec

En plus d'être l'auteur de l'œuvre, George Perec est ici le narrateur et le personnage de la partie du texte écrite en romain. En effet, des indications précises communes à l'auteur et au narrateur-personnage prouvent qu'il s'agit bien du même homme : ils sont nés « le samedi 7 mars 1936, vers 9 heures du soir, dans une maternité sise 19 rue de l'Atlas, à Paris dans le 19ᵉ arrondissement » (chapitre VI).

Il tente, à travers ce récit, de reconstruire l'enfance qui a été la sienne à partir de témoignages, de ses quelques rares souvenirs et de documents administratifs. Aussi, l'authenticité du personnage de Georges Perec enfant peut être remise en cause car ce dernier est recherché, reconstruit et imaginé. Certains souvenirs que le narrateur identifie comme réels ne le sont peut-être pas : c'est le cas de la fracture du bras dont il parle à plusieurs reprises – notamment lorsqu'il évoque sa séparation avec sa mère – mais dont il ignore l'origine.

Il faut donc bien dissocier le narrateur du personnage : même si le narrateur reconstruit son enfance à partir d'éléments concrets, il se rapproche davantage de la fiction que de l'auteur réel.

Les parents de Georges Perec

Les parents de Georges Perec font partie intégrante de l'enfance qu'il tente de retrouver. Ils sont des images lointaines et neutres pour lesquelles il ne déclare directement aucune émotion. À défaut de pouvoir recourir à sa mémoire, l'auteur se contente d'en construire les portraits grâce aux informations qu'il a pu obtenir telles que des photos, conversations, déductions, etc.

Isaac Judko Peretz

Isaac Judko Peretz est polonais et le père de Georges Perec. Ce dernier ne conserve presque aucun souvenir de son père hormis quelques photos et le portrait que ses proches lui ont brossé de lui. Lorsque la guerre éclate, Perec père s'engage dans l'armée. Il meurt quelques jours avant l'armistice, le 16 juin 1940, à la suite d'une blessure qui n'a pas pu être soignée à temps. C'est cette image de soldat que conservera le petit Georges. Il l'idéalisera en imaginant diverses morts héroïques pour son père et nourrira un intérêt certain pour les figurines de soldat. Quelques années plus tard, lorsqu'il découvre la vérité sur le décès de son père et qu'il entame son processus d'introspection pour retrouver ses souvenirs d'enfance, on constate que le père reste un inconnu décrit uniquement à travers des photos. Quant à sa mort, elle est relatée de manière ironique et dérisoire.

Cyrla Szulewicz

Cyrla Szulewicz, qui prend le nom de Cécile Peretz après son mariage en France, est issue d'une grande famille juive polonaise qui fuit à Paris au début des années trente. Elle rencontre Isacc Judko Peretz à Paris, se marie en 1934 et donne naissance à son unique enfant, Georges, en 1936. Tout comme pour son père, le narrateur garde peu de souvenirs de sa mère. Le dernier qu'il possède est celui de sa mère sur le quai de la gare de Lyon lorsqu'il part seul pour les Alpes en 1942. Elle tentera plus tard de fuir la capitale pour éviter la déportation, mais son passeur ne sera pas au point de rendez-vous. Confortée dans l'idée que son statut de veuve lui évitera tout problème, Cyrla reste à Paris et sera déportée en janvier 1943.

C'est sans doute en raison de ses vagues souvenirs, du décès de son père avant l'Occupation et de la déportation de sa mère que l'auteur garde d'elle l'image d'une femme jeune, fragile et pleine d'amour qui n'aura pas subi les affres du temps.

Esther

Tante paternelle de Georges Perec qui le recueille à la gare de Grenoble (et l'adopte à la Libération), Esther est évoquée à de multiples reprises dans la première partie du livre et joue un rôle essentiel dans la vie de son neveu. Elle dément ou rectifie de nombreux souvenirs de Perec. En donnant le point de vue d'Esther sur certains souvenirs, l'auteur montre en effet combien les siens sont incomplets et parfois très éloignés de la réalité. Ainsi, Georges est convaincu d'avoir eu une fracture le jour de son départ, ce que sa parente dément : « Ni ma tante ni ma cousine Ela n'ont gardé souvenir de cette fracture. » (chapitre XV)

RÉCIT FICTIONNEL (ITALIQUE)

Gaspard Winckler

Héros et narrateur du récit fictionnel, Gaspard est « né le 25 juin 19** vers quatre heures, à R., petit hameau à trois feux, non loin de A. » (chapitre ı). La date et le lieu de sa naissance sont donc très flous. Après un bref passage dans l'armée, il déserte, change d'identité et se retrouve dans un hôtel allemand. Il est le seul témoin des faits bouleversants se déroulant sur l'ile de W et dont il a mystérieusement réchappé.

Son histoire est très nébuleuse et parait liée à celle d'un jeune garçon malingre et rachitique, devenu sourd-muet à la suite d'un traumatisme enfantin, Gaspard Winckler, auquel l'ancien soldat doit sa nouvelle identité. Il se pourrait que ces deux personnages ne soient en réalité qu'une seule et même personne, que l'un soit le présent (l'adulte) et l'autre le passé (l'enfant) d'un seul homme : Georges Perec. Le Gaspard Winckler adulte partirait ainsi à la recherche de son enfance, à l'instar de Georges Perec quand il écrit son œuvre. Par ailleurs, l'initiale de son prénom correspond à celle de Perec alors que l'initiale de son nom renvoie à l'ile de W.

Le lecteur peut supposer légitimement que Gaspard Winckler se lance, à la fin de la première partie, à la recherche de son jeune homonyme et qu'il découvre l'ile de W. Le recours à la troisième personne du singulier dans la seconde partie serait une preuve que celui-ci ne fut que témoin des faits auxquels il a assisté sur l'ile de W « et non acteur » (chapitre I).

Par ailleurs, le personnage de Gaspard Winckler est aussi le héros du premier roman abouti de Perec *Le Condottière* (2012), sous les traits d'un « faussaire de génie » (chapitre XXI). Il est donc un personnage de fiction (dans *W ou le Souvenir d'enfance*) mis en scène dans un roman (*Le Condottière*) de Georges Perec, lui-même personnage de fiction dans les deux romans. Ce procédé, de « mise en abyme » consiste à représenter une œuvre au sein d'une autre œuvre (citons en guise d'exemples le théâtre dans le théâtre dans *L'Illusion comique* (1634) de Pierre Corneille, dramaturge et poète français, 1606-1684).

Otto Apfelstahl

Otto Apfelstahl est présenté comme l'un des dirigeants d'une société de sauvetage des naufragés, le Bureau Véritas. Il rencontre Gaspard Winckler dans un café et déclare savoir qui il est et de qui il tient sa nouvelle identité. Il l'envoie donc à la recherche du jeune naufragé Gaspard Winckler, perdu dans l'archipel de la Terre du Feu au sud de l'Amérique latine, dont la mère est morte en tentant de le guérir.

Il se pourrait que ce personnage, qui somme Gaspard Winckler de retrouver son homonyme enfant, soit un psychanalyste fictif qui envoie un double de Georges Perec (Gaspard Winckler) à la recherche de son souvenir d'enfance (le petit Gaspard Winckler sourd-muet, perdu dans l'océan). Manet van Montfrans émet une hypothèse similaire dans *Georges Perec, la contrainte du réel*.

En effet, en étudiant l'onomastique du personnage d'Otto Apfelstahl, van Montfrans note que :

- la dernière syllabe de son nom renvoie à la maison d'édition allemande Stahlberg, qui a publié la traduction allemande des *Choses* de Perec. Cela donnerait au personnage d'Otto Apfelstahl le rôle d'un éditeur réclamant un roman à son auteur ;
- son prénom et l'initiale de son nom pourraient également renvoyer à celui de l'ambassadeur du Reich à Paris pendant la guerre, Otto Abetz : cela permettrait de faire un lien entre ce personnage et la Seconde Guerre mondiale ;
- les initiales présentes sur le seau de son courrier, M. D., pourraient renvoyer à une profession de médecin : « *Medical Doctor* » en anglais ou « *Magister und Doktor* » en allemand, ce qui lui offre la place d'un psychanalyste tentant de faire ressurgir le passé chez son patient.

Cæcilia Winckler

Cæcilia Winckler est la mère du jeune Gaspard Winckler. « Cantatrice autrichienne mondialement connue » (chapitre VII), elle s'est réfugiée en Suisse pendant la guerre et est membre d'une organisation délivrant des papiers d'identité ou des passeports aux personnes en difficulté.

La racine de son prénom renvoie au latin *cæcus*, qui signifie « aveugle », un handicap physique qui rappelle celui de son fils Gaspard. Son prénom fait également écho à la mère de Georges Perec, Cyrla Szulewicz, appelée plus communément Cécile. Il y a donc un lien évident entre le personnage de fiction et la mère de l'écrivain, déportée à Auschwitz en 1943. Cæcilia sauve la vie du personnage de Gaspard Winckler en lui donnant l'identité de son propre fils tandis que Cécile sauve le jeune Georges en le mettant dans le train pour Grenoble.

CLÉS DE LECTURE

UNE ŒUVRE AUTOBIOGRAPHIQUE ORIGINALE

W ou le Souvenir d'enfance met en parallèle le récit de deux histoires. La première concerne Georges Perec qui doit se nourrir de documents afin de transmettre au lecteur le récit de son enfance, étant incapable de se remémorer les jeunes années de sa vie. Il en est aussi bien le narrateur que le personnage. La seconde partie, narrée par le personnage de Gaspard Winckler, un soldat déserteur, concerne la recherche d'un enfant disparu auquel le protagoniste doit son nom. Dans cette seconde partie, transcrite en italique, le narrateur relate le fonctionnement de l'ile W, proche d'un des derniers lieux où aurait pu se trouver le petit Gaspard.

Deux récits enchâssés

Ces deux récits, s'ils semblent parfaitement différents, ont pourtant beaucoup en commun. Le titre même de l'œuvre annonce déjà la présence conjointe de ces deux récits : *W ou le Souvenir d'enfance*. La conjonction de coordination « ou » les dissocie d'emblée. Pour autant, elle insiste aussi sur le fait qu'ils sont interchangeables, équivalents, puisque le texte pourrait être titré soit « W » soit « le souvenir d'enfance ». Les deux éléments renvoient donc à un dénominateur commun. Le fait que « le souvenir d'enfance » soit au singulier est significatif. Il indique qu'il n'y a, en réalité, qu'un seul souvenir pour l'auteur, celui de la guerre.

Le roman étant composé de deux parties, on pourrait penser que l'une concerne la vie de Georges Perec, l'autre celle de Gaspard Winckler. Pourtant, il n'en est rien. On constate une alternance entre les deux récits : à chaque chapitre, l'un cède sa place à l'autre, mettant en regard et presque en dialogue récit autobiographique et récit fictionnel. Seule la typographie les dissocie (lorsque le narrateur est Perec, la police est en romain ; lorsqu'il s'agit de Gaspard Winckler, la mise en page est en italique).

Effectivement, le lecteur peut aisément effectuer un parallèle entre les deux narrateurs :

- tous deux sont adultes et partent à la recherche d'un homonyme encore dans l'enfance : Perec jeune pour l'auteur, le petit garçon à qui il a emprunté son nouveau nom pour Gaspard ;
- ils sont tous les deux orphelins et ont été arrachés à leur mère ;
- les deux enfants ont sensiblement le même âge : la partie de son enfance que Perec tente de retrouver et celle qui s'étend de sa naissance à ses 12 ans, un âge équivalent à celui du petit Gaspard ;
- la première lettre du nom Winckler fait écho au récit « W » qu'a entrepris d'écrire plus jeune Perec, et qui renvoie à son enfance. Les initiales G. W. pourraient donc renvoyer à un double fictif de Georges, issu de l'histoire nommée W ;
- les deux personnages sont en fuite : Gaspard adulte, présenté comme un soldat déserteur, fuit la guerre. Il en a été de même pour le petit Georges qui a fui la guerre en

quittant Paris et est parti vivre chez sa tante.

Un pacte autobiographique biaisé

Si l'auteur veut entrainer le lecteur avec lui dans la recherche de ses souvenirs d'enfance, il prend un engagement auprès de lui : il lui promet justesse et honnêteté (dans la mesure du possible puisqu'il ne se souvient en réalité presque d'aucun souvenir de son enfance). L'auteur annonce, dès le deuxième chapitre dont il est le narrateur, qu'il va tenter de faire surgir son passé, déterminant pour comprendre son présent et son futur :

> « Même si je n'ai pour étayer mes souvenirs que le secours de photos jaunies, de témoignages rares et de documents dérisoires, je n'ai pas d'autre choix que d'évoquer ce que trop longtemps j'ai nommé l'irrévocable. » (p. 26)

Raviver ce qu'il a en mémoire, par quelque moyen que ce soit, apparait ici comme une nécessité pour l'auteur afin de comprendre son identité. Pour autant, il n'en garantit pas la totale fiabilité : ainsi « de nombreuses variantes [...] [de ses souvenirs les] ont profondément altérés, sinon complètement dénaturés » (*ibid.*). Ainsi s'agit-il d'un pacte avec le lecteur : l'auteur s'engage à lui livrer les informations les plus proches de la réalité, sans pour autant qu'elles soient nécessairement véridiques.

En quête de souvenirs d'enfance : un récit morcelé

Georges Perec, à travers cette introspection, tente de comprendre l'homme qu'il est devenu aujourd'hui. Ce travail est également un moyen de guérir son âme des traumatismes de la guerre : le souvenir bouleversant du conflit lui permet de comprendre pourquoi il a oublié la période correspondant à son enfance. Ses souvenirs sont ici dénaturés, éparpillés et disloqués : il s'agit du regard présent d'un homme qui tente de retracer, modifier, compléter et justifier l'enfance qui a été la sienne de manière très détachée. Cette fragmentation de la mémoire est retranscrite dans le roman.

En effet, les souvenirs apparaissent en bribes, comme s'ils surgissaient au moment où l'auteur écrit le texte. Ce processus est d'autant plus visible que Perec commence ses recherches en commentant un ancien texte écrit de sa plume au sujet des photos de ses parents, à partir desquels il retrace leur vie en s'aidant d'éléments externes à sa mémoire d'enfant (documents, conversations, recherches, etc.). Le fait que ce texte soit une retranscription de notes vieilles d'une quinzaine d'années est signalé par l'auteur et la typographie du texte, proposé en caractères gras. Cette retranscription semble raviver certains détails dans la mémoire du narrateur puisqu'il annote le texte afin d'apporter plus de précisions au lecteur grâce à ce qu'il a appris entre temps. Par la suite, cette fragmentation devient encore plus caractéristique : les chapitres sont séquencés par souvenirs, ceux-ci restant vagues, mélangés et disposés sans véritable logique.

L'OMNIPRÉSENCE DE LA SECONDE GUERRE MONDIALE

Une guerre meurtrière pour son enfance

Dès les premières pages, on comprend que cette guerre va

être un élément de trouble important dans la quête identitaire du narrateur. Perec déclare dès le deuxième chapitre à propos de son enfance :

> « J'en étais dispensé : une autre histoire, la Grande, l'Histoire avec sa grande hache, avait déjà répondu à ma place : la guerre, les camps. » (p. 17)

On constate en effet que la guerre a été particulièrement dévastatrice pour sa famille et lui a notamment enlevé ses deux parents : son père au front et sa mère lors de la déportation. C'est donc la guerre qui serait à l'origine du trouble de sa mémoire et qui aurait influencé les premières années de sa vie. On relève également le fait que la date de naissance de l'auteur correspond à la remilitarisation de la Rhénanie, région de l'Ouest de l'Allemagne : le pays se prépare pour de futurs évènements militaires et conflictuels. Enfin, c'est aussi la guerre qui incitera plus tard Perec à inventer son enfance vers l'âge de 13 ans, à écrire l'histoire qu'il reprend ici et qui s'appelle « W ». Selon lui, elle est « sinon l'histoire, du moins une histoire de [s]on enfance » (p. 18).

L'ile de W : une représentation du nazisme

La description de l'ile W et de ses coutumes occupe une place prépondérante dans le roman. Dirigée par des officiels, la pratique du sport en compétition est encouragée et célébrée constamment sur l'ile. Dès leur entrée dans l'adolescence, les jeunes hommes sont formés pour devenir athlètes. Plusieurs critères peuvent amener le lecteur à assimiler les mœurs de l'ile à une métaphore du nazisme :

- **la société de W est une dictature :** les sportifs sont enfermés et dépendants d'un gouvernement isolé, à l'écart dans une tour. Loin d'être maitres de leur destin, ils se plient à tous les ordres. Ignorants du monde extérieur, ils ne cherchent même pas à se révolter ;
- **la pratique intensive du sport peut faire penser aux jeunesses hitlériennes**, formation des jeunes hommes sous le IIIe Reich (l'État allemand entre 1933 et 1945) qui endoctrinait et préparait de futurs soldats pour la guerre. Les instructions physiques et la délation des plus faibles étant encouragées, on peut aisément comparer ces jeunesses avec la formation des sportifs sur W qui avantage les vainqueurs et brutalise les vaincus ;
- lors des descriptions, il apparait que **l'ile est très structurée.** Les sportifs se répartissent en quatre villages tandis qu'hommes et femmes sont séparés à partir de la puberté. Chaque zone est délimitée par des barrières électrifiées. Les différentes structures de l'ile s'apparentent à des prisons infranchissables entourées de grilles alimentées par du courant de haute tension. Un parallèle peut être fait avec l'organisation des camps de concentration ;
- le choix de **représenter des Jeux olympiques** peut également rappeler ceux qu'Hitler (homme d'État allemand, 1889-1945) organisa en tant que chancelier, durant ses premières années au pouvoir. En effet, il se servait des jeux comme propagande afin de promouvoir le nazisme et la race aryenne. L'Allemagne fut d'ailleurs le pays le plus médaillé durant les jeux. De plus, les Jeux olympiques sous Hitler se sont déroulés en 1936, année de naissance de Georges Perec ;

- enfin, Perec cite *L'Univers concentrationnaire* (1946) de David Rousset (écrivain et homme politique français, 1912-1997) à la fin de son récit et rend le parallèle explicite :

> « La structure des camps de répression est commandée par deux orientations fondamentales : pas de travail, du "sport", une dérision de nourriture. La majorité des détenus ne travaille pas, et cela veut dire que le travail, même le plus dur, est considéré comme une planque. La moindre tâche doit être accomplie au pas de course. » (p. 221)

Par cette citation, le lecteur prend conscience de la similitude entre les camps et l'ile, autant sur leur organisation que sur le style de narration. En effet, les chapitres évoquant l'ile W sont marqués par un ton monocorde, presque de l'ordre du documentaire historique. Aucune subjectivité n'est décelée. Le narrateur décrit d'un ton neutre jusqu'aux pires horreurs accomplies sur l'ile, comme l'épreuve des Atlantiades, courses permettant aux athlètes de s'affronter pour avoir le privilège de violer en public une femme et ainsi perpétuer la vie sur l'ile.

L'INFLUENCE OULIPIENNE

Abréviation d'ouvroir de littérature potentielle, l'OuLiPo est un mode d'écriture expérimentale qui consiste à poser des contraintes textuelles à l'écriture, l'auteur se mettant au défi de les maitriser pour créer son œuvre. Il s'agit surtout de jouer avec la langue, la travailler, l'expérimenter, en extirper toutes les possibilités, rendre l'écriture ludique et ainsi permettre à l'auteur d'en exploiter toutes les potentialités.

Perec était fervent de cet exercice d'écriture et en laisse plusieurs traces dans *W ou le Souvenir d'enfance*.

Jeu sur les mots

L'auteur opère un jeu constant sur les mots, sur leurs possibles sens cachés, leurs homonymes et leurs homophones. Ce phénomène est visible à plusieurs reprises :

- **la dédicace.** Georges Perec dédicace ce livre à « E », sans plus de précisions :
  - ce peut être l'initiale d'un prénom – on pense par exemple à celui de sa tante Esther qui s'est occupée de lui pendant la guerre ;
  - il peut aussi être l'initiale du mot « enfance », période de sa vie qu'il a perdue : la dédicace pourrait ainsi concerner directement le moment qu'il cherche à retrouver ;
  - enfin, le fait que cette dédicace soit faite à E n'est pas sans rappeler qu'il s'agit, dans *La Disparition*, de la lettre manquante à tout le roman et que personne ne parvient à trouver. Aussi le lecteur pourrait-il voir un lien entre la disparition de la lettre E et la disparition de l'enfance chez Perec.
- **« l'Histoire avec sa grande hache »** (chapitre II). Il y a ici un jeu avec l'homophonie du son que produit la lettre « h » et la prononciation du mot « hache ». En faisant ce parallèle, l'auteur insiste sur le caractère meurtrier de l'Histoire qui possède une arme qui assassine et détruit tout sur son passage, prend des vies et fauche les souvenirs.

Jeu sur les chiffres

On relève également un jeu sur les chiffres, notamment autour du nombre 36, renvoyant à l'année de naissance de Georges Perec :

- le livre, symbolisant la recherche de ce fameux « souvenir d'enfance », est composé de trente-six chapitres, augmentés d'un bref chapitre en romain (qui sert de conclusion) dans lequel Perec ne parvient pas à se rappeler les raisons qui l'ont poussé à décrire W alors qu'il était un jeune adolescent. Ce trente-septième chapitre est rédigé alors que l'auteur vient d'avoir 37 ans ;
- les Jeux olympiques, utilisés comme métaphore du nazisme, font référence aux Olympiades de 1936, organisées à Berlin sous le régime d'Hitler.

Les chiffres 2 et 4 ont également une grande importance dans l'œuvre. À la fois somme de deux fois le chiffre 2, chiffre 2 au carré et produit du chiffre 2, le 4 est en mathématiques ce que l'on pourrait appeler un chiffre parfait. Or, le 2 et le 4 sont omniprésents dans l'œuvre. En effet, tout est double dans ce récit autobiographique :

- le titre annonce déjà cette duplicité par le « w », qui est un double « v » et qui symbolise un double de la vie de Perec : Gaspard Winckler. Le « v » étant composé de deux branches, le doubler forme une lettre constituée de quatre barres, le « w » ;
- le livre lui-même est divisé en deux parties. La première partie concerne les souvenirs portant sur la vie de l'auteur à Paris, rue Vilin, la seconde à Villard-de-Lans.

Deux vies sont séparées, chacune se passant dans un lieu commençant par la lettre « v » ;

- l'ile de W, peuplée par une société rigoureusement organisée, se divise en carré (quadrilatère aux quatre côtés égaux), contenant quatre villes d'athlètes (« quatre agglomérations que l'on nomme simplement les "villages" », chapitre XIV).

Jeu sur les formes et les signes

En plus d'un jeu sur les sons, les lettres, les mots et les chiffres, Perec s'adonne à une expérimentation des formes. Dès le deuxième chapitre, il est question du tracé d'une forme qu'il aurait dessinée petit et dont la partie supérieure peut rappeler celle d'une croix gammée.

L'auteur décompose et réagence également la forme du W : celui-ci peut représenter un X, une croix gammée, un crucifix, des triangles ou encore, l'étoile juive. Aussi, le W inscrit sur le vêtement des athlètes de l'ile W pourrait renvoyer à l'emblème nazi :

> « Le V dédoublé constitue la figure de base [...] deux V accolés par leur base dessinent un X ; en prolongeant les branches du X par des segments égaux et perpendiculaires, on obtient une croix gammée [...] la superposition de deux V têtebêche aboutit à une figure [...] dont il suffit de réunir horizontalement les branches pour obtenir une étoile juive. » (chapitre XV)

De plus, lorsqu'ils sont novices, les sportifs portent un triangle dont la pointe est soit en bas soit en haut (il semblerait que la raison de cette position ne soit pas claire pour l'auteur). Si l'on fusionne les deux cas de cette indécision (avec la pointe en haut ou en bas), on obtient une étoile juive. Ainsi, l'ile renvoie aux camps de concentration, et les sportifs novices, par le port d'un triangle cousu dans le dos de leur tenue, représentent non des sportifs mais des prisonniers de guerre appartenant à des groupes de captifs différents. En combinant les deux triangles de manière à former une étoile, ils peuvent même être assimilés à des juifs.

Les jeux de l'auteur se déroulent sur plusieurs plans, véritable enchevêtrement d'énigmes. Perec choisit méticuleusement chaque détail. Il les organise de manière à relier tous les éléments entre eux. C'est autant de fil à démêler pour lui qui tente d'en retrouver le bout, celui du souvenir d'enfance, que pour le lecteur qui découvre peu à peu les différentes énigmes du texte.

EXPRIMER L'INDICIBLE

À travers cette recherche du souvenir d'enfance, on peut constater que le narrateur opte pour un ton neutre, dénué d'émotion :

- la mort de ses parents est relatée de manière anodine, très factuelle, sans qu'aucun sentiment ne transparaisse : « Mon père était mort d'une mort idiote et lente » (chapitre VIII) ;
- les évènements atroces qui surviennent sur l'ile de W ne suscitent pas non plus de véritables sentiments chez le narrateur. Ils sont décrits sur le ton d'un documentaire, comme le montre la narration des Atlantiades. Le nar-

rateur achève la description malsaine de l'épreuve en concluant sur une note détachée de la férocité du jeu : « Ce protocole particulier qui fait que les Atlantiades ne ressemblent à aucune autre compétition W a, on le devine, plusieurs conséquences remarquables. » (chapitre XXVI)

Pourtant, cette neutralité apparente, si elle ne communique pas d'états d'âme, laisse deviner une profonde blessure chez l'auteur. Elle est essentiellement causée par le choc du souvenir impossible. Enfin, la violence et la douleur, très présentes dans le texte, pourraient cacher une douleur non plus physique mais mentale chez l'auteur :

- l'auteur a l'impression de se rappeler avoir eu le bras en écharpe lorsque sa mère l'accompagnait à la gare pour son départ : ce fait est pourtant tiré de son imagination. Peut-être que cette sensation physique supplante le choc psychologique qu'a causé cette séparation entre mère et fils, le déchirement de ce départ soudain ;
- les souffrances physiques infligées aux sportifs de l'île W peuvent également être vues comme une déchirure qu'aurait laissée la guerre dans le passé de l'auteur. L'Histoire lui a dérobé son histoire.

Le fait que l'enfant Gaspard Winckler soit sourd et muet n'est pas non plus anodin. Le petit Gaspard ne peut en effet dire ce qu'il ressent, ni entendre ce qu'on lui demande. En cela, il se rapproche un peu du jeune Georges que l'auteur se remémore : il est proprement insaisissable – d'ailleurs ni Georges ni Gaspard adulte ne parviennent à retrouver ce qu'ils cherchent. Aussi, on pourrait voir Gaspard Winckler comme le symbole du traumatisme qu'a causé la guerre sur la vie et la psyché de l'auteur.

Ce récit autobiographique original met donc en scène la quête impossible des souvenirs d'enfance de l'auteur ainsi que l'exhibition d'une période responsable de cette amnésie : la guerre. Le seul moyen pour Perec de signifier le trouble de ne pas parvenir à se rappeler ou à exprimer librement les souffrances que lui a causées la guerre, c'est de rechercher une équivalence par l'écriture, la fiction. Le lecteur est invité à participer activement à ces recherches, à tenter de démêler le fil rouge dont l'auteur essaye de retrouver l'extrémité première. Ainsi le roman peut-il se lire comme un échange entre fiction et réalité (et inversement) qui, traduisant une certaine domination du contexte de guerre sur la vie du petit Perec, dénonce également les horreurs de cette période.

PISTES DE RÉFLEXION

QUELQUES QUESTIONS POUR APPROFONDIR SA RÉFLEXION...

- *W ou le Souvenir d'enfance* est à la fois un récit autobiographique et une fiction. Expliquez cette apparente contradiction.
- Quel est, selon vous, le but de l'auteur en alternant les deux histoires ?
- Que peut-on dire des différentes typographies du texte ?
- La première phrase du chapitre II est : « Je n'ai pas de souvenirs d'enfance. » Cette phrase entre-t-elle en contradiction avec le contenu du livre ? Développez.
- La vie sur W est entièrement vouée au sport. Expliquez le rapprochement entre la condition des athlètes et celle des prisonniers juifs ?
- Perec a-t-il pour autant une vision négative du sport et, par extension, du jeu ?
- La devise de W est « *Fortius, Altius, Citius* » (Plus fort, plus haut, plus vite, chapitre XII). Le slogan des nazis, reproduit sur la grille d'entrée du camp de concentration d'Auschwitz est « *Arbeit macht frei* » (Le travail rend libre). La devise de Pierre de Coubertin, père des Jeux olympiques modernes, est « L'important c'est de participer ». Ces trois devises sont-elles opposées ? Existe-t-il un rapprochement entre les deux premières ? Expliquez.
- Dans quelle mesure peut-on dire que Gaspard Winckler est un double fictionnel de Georges Perec ?
- Le chapitre XXXVII évoque un évènement contemporain de l'écriture du livre qui entre en résonance avec W. Quel

est-il ? Expliquez cette résonance.

- Adepte des méthodes créatives de l'OuLiPo, Perec conditionne souvent son écriture autour de contraintes stylistiques ou de jeux sur les formes ; pourriez-vous en relever dans *W ou le Souvenir d'enfance* ?

Votre avis nous intéresse !
Laissez un commentaire sur le site de votre librairie en ligne
et partagez vos coups de cœur sur les réseaux sociaux !

POUR ALLER PLUS LOIN

ÉDITION DE RÉFÉRENCE

- PEREC G., *W ou le Souvenir d'enfance*, Paris, Gallimard, coll. « L'Imaginaire », 1993.

ÉTUDES DE RÉFÉRENCE

- *Association Georges Perec*, consulté le 11 janvier 2017, http://associationgeorgesperec.fr
- DANGY-SCAILLIEREZ I., *Étude sur* W ou le Souvenir d'enfance, Paris, Ellipses, coll, « Résonnance », 2002.
- LEJEUNE P., *L'Autobiographie en France*, Paris, Armand Colin, coll. « Cursus », 1971.
- MONFRANS M. van, *Georges Perec. La Contrainte du réel*, Amsterdam, Éditions Rodopi, 1999.
- *OuLiPo, Ouvroir de Littérature Potentielle*, consulté le 11 janvier 2017, oulipo.net
- SIRVENT M., « Blanc, coupe, énigme : auto(bio)graphies. *W ou le Souvenir d'enfance* de Georges Perec », in *Littérature*, n° 98, 1995, p. 3-23.

DUMAS
• Les Trois
  Mousquetaires

ÉNARD
• Parlez-leur
  de batailles,
  de rois et
  d'éléphants

FERRARI
• Le Sermon sur la
  chute de Rome

FLAUBERT
• Madame Bovary

FRANK
• Journal
  d'Anne Frank

FRED VARGAS
• Pars vite et
  reviens tard

GARY
• La Vie devant soi

GAUDÉ
• La Mort du
  roi Tsongor
• Le Soleil des
  Scorta

GAUTIER
• La Morte
  amoureuse
• Le Capitaine
  Fracasse

GAVALDA
• 35 kilos d'espoir

GIDE
• Les
  Faux-Monnayeurs

GIONO
• Le Grand
  Troupeau
• Le Hussard
  sur le toit

GIRAUDOUX
• La guerre de
  Troie
  n'aura pas lieu

GOLDING
• Sa Majesté des
  Mouches

GRIMBERT
• Un secret

HEMINGWAY
• Le Vieil Homme
  et la Mer

HESSEL
• Indignez-vous !

HOMÈRE
• L'Odyssée

HUGO
• Le Dernier Jour
  d'un condamné
• Les Misérables
• Notre-Dame
  de Paris

HUXLEY
• Le Meilleur
  des mondes

IONESCO
• Rhinocéros
• La Cantatrice
  chauve

JARY
• Ubu roi

JENNI
• L'Art français
  de la guerre

JOFFO
• Un sac de billes

KAFKA
• La Métamorphose

KEROUAC
• Sur la route

KESSEL
• Le Lion

LARSSON
• Millenium I. Les
  hommes qui
  n'aimaient pas
  les femmes

LE CLÉZIO
• Mondo

LEVI
• Si c'est un
  homme

LEVY
• Et si c'était vrai…

MAALOUF
• Léon l'Africain

MALRAUX
- La Condition humaine

MARIVAUX
- La Double Inconstance
- Le Jeu de l'amour et du hasard

MARTINEZ
- Du domaine des murmures

MAUPASSANT
- Boule de suif
- Le Horla
- Une vie

MAURIAC
- Le Nœud de vipères

MAURIAC
- Le Sagouin

MÉRIMÉE
- Tamango
- Colomba

MERLE
- La mort est mon métier

MOLIÈRE
- Le Misanthrope
- L'Avare
- Le Bourgeois gentilhomme

MONTAIGNE
- Essais

MORPURGO
- Le Roi Arthur

MUSSET
- Lorenzaccio

MUSSO
- Que serais-je sans toi ?

NOTHOMB
- Stupeur et Tremblements

ORWELL
- La Ferme des animaux
- 1984

PAGNOL
- La Gloire de mon père

PANCOL
- Les Yeux jaunes des crocodiles

PASCAL
- Pensées

PENNAC
- Au bonheur des ogres

POE
- La Chute de la maison Usher

PROUST
- Du côté de chez Swann

QUENEAU
- Zazie dans le métro

QUIGNARD
- Tous les matins du monde

RABELAIS
- Gargantua

RACINE
- Andromaque
- Britannicus
- Phèdre

ROUSSEAU
- Confessions

ROSTAND
- Cyrano de Bergerac

ROWLING
- Harry Potter à l'école des sorciers

SAINT-EXUPÉRY
- Le Petit Prince
- Vol de nuit

SARTRE
- Huis clos
- La Nausée
- Les Mouches

SCHLINK
- Le Liseur

SCHMITT
- La Part de l'autre
- Oscar et la Dame rose

SEPULVEDA
- Le Vieux qui lisait des romans d'amour

SHAKESPEARE
- Roméo et Juliette

SIMENON
- Le Chien jaune

STEEMAN
- L'Assassin habite au 21

STEINBECK
- Des souris et des hommes

STENDHAL
- Le Rouge et le Noir

STEVENSON
- L'Île au trésor

SÜSKIND
- Le Parfum

TOLSTOÏ
- Anna Karénine

TOURNIER
- Vendredi ou la Vie sauvage

TOUSSAINT
- Fuir

UHLMAN
- L'Ami retrouvé

VERNE
- Le Tour du monde en 80 jours
- Vingt mille lieues sous les mers
- Voyage au centre de la terre

VIAN
- L'Écume des jours

VOLTAIRE
- Candide

WELLS
- La Guerre des mondes

YOURCENAR
- Mémoires d'Hadrien

ZOLA
- Au bonheur des dames
- L'Assommoir
- Germinal

ZWEIG
- Le Joueur d'échecs

www.lepetitlitteraire.fr

ISBN version numérique : 978-2-8062-9396-1
ISBN version papier : 978-2-8062-9397-8
Dépôt légal : D/2017/12603/79

Avec la collaboration d'Apolline Boulanger pour l'étude de Georges Perec, d'Isaac Judko Peretz, de Cyrla Szulewicz et d'Otto Apfelstahl ainsi que pour les clés de lecture.

Conception numérique : Primento,
le partenaire numérique des éditeurs.

Ce titre a été réalisé avec le soutien de la Fédération Wallonie-Bruxelles, Service général des Lettres et du Livre.